이런 날 문득 새이고 싶다 / 박 경 석

SEOMOONDANG'S
SCENTED TREASURY
OF KOREAN POETRY
AND
FINE ART

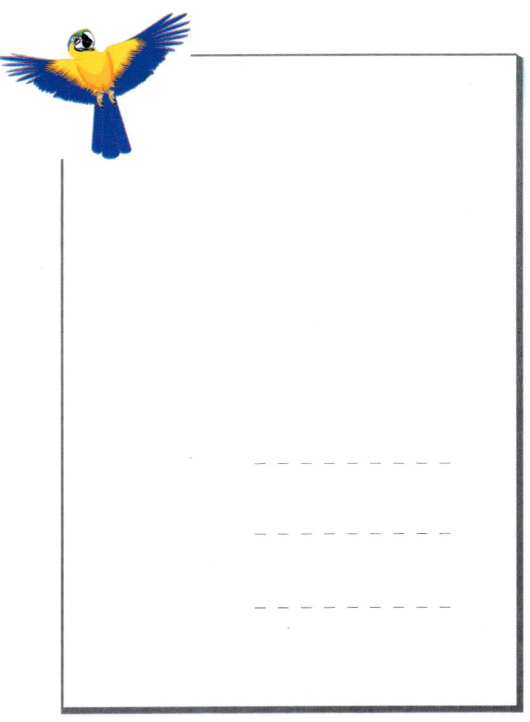

한국명작시선

이런 날 문득 새이고 싶다

박경석 대표시선집

瑞文堂

차 례

□ 시인의 말

큰 사랑에 횃불을 켜라

세상은 어둡지만은 않다. 어두운 구석보다 밝고 아름다움이 더 충만하고 있기 때문이다.

그럼에도 많은 사람들이 암울한 세태를 한탄하면서 세월을 허송하고 있다. 안타까운 일이다.

어두울수록 더 빛을 찾아 힘차게 달려갈 수 있고 혼돈해질수록 오히려 모험과 희망을 용솟게 할 수 있지 않는가.

나의 일상은 언제나 의욕으로 가득차 있다. 잠시나마 시간을 헛되이 보낼 수 없는 보람 속에서 산다.

그 가운데 시의 창작은 나에게 있어서 무한한 축복이다. 이 글을 쓰면서도 나는 샘솟는 기쁨으로 출렁인다.

글을 쓸 때만은 나는 신선이 된다. 더욱이 시에 몰두할 때 나는 푸른 하늘을 훨훨 나르는 파랑새이다.

내 사유의 세계에서 언제나 나를 수 있는 자유, 그렇게 온전한 평화로움에 흠뻑 젖는다.

시의 이상은 참다운 인류애의 구현이다. 절망과 암울 따위는 시의 세계와 무관하다. 하물며 어설픈 이데올로기나 관념주의는 나와 관련이 있을 까닭이 없다.

나는 오로지 사랑과 진실의 세계에서 사색하고 그 속에서 움터 오르는 노래를 연주할 뿐이다.

꽃의 아름다움을, 지순한 사랑과 그리움을 오선지(五線紙)에 올려 놓는다. 그리하여 삶에서 만나는 행복의 순간순

간을 문학이라는 이름의 카메라로 빠짐없이 '찰카닥' 포착
한다.

　나에게는 아직도 순수한 소년의 숨결이 남아 있고 서정의
맑은 피로 뛰는 심장이 있어, 가장 간절한 눈물 한방울의 갈
채까지 노래하고 있다.

　이 넘치는 축복이여.

　신은 어쩌자고 그 많은 사람 가운데 나를 한 시인으로 선
택하여 이 과업을 맡기셨을까.

　나는 지금 이 시간에도 고마운 마음에 충만한 채 쉬임없
이 문학의 외길을 향하고 있다.

　그 동안 무던히도 그 길을 열심히 달려왔다. 하여 19권의
시집에다 천편이 넘는 시를 상재했다.

　이제 그 가운데에서 20대 초반에서부터 쓰기 시작한 밝
고 의미있는 시들 115편을 골라 나와 같은 사유세계에 있
는 사람, 또는 암울과 혼돈에서 희망을 잃고 있는 사람들에
게도 보여주고 싶다.

　그리하여 우리 모두 큰 사랑에 횃불을 켜 밝고 희망찬 내
일로 향하자.

　그런 뜻에서 '이런 날 문득 새이고 싶다'를 여기 상재한
다.

　　　　21 세기를 지향하며

　　　　　　상록수 집필실에서　박 경 석

제 1 장 첫사랑

첫사랑

타는 가슴에
밤을 보내면
넉넉한 마음으로 내리는
꽃비

그대
밝은 웃음 여운은
내 가슴 무지개 되고
문풍지 하르르 떨듯
젖어드는
부끄러움 한 옴큼

살포시
손 잡아 보면
뛰는 가슴
물보라 퍼지듯
활짝 핀 모란꽃

그대 가슴속 별로 뜨리라

물 같은 마음으로
살 수 있다면

낮은데로
더 낮은 데로
흘러가면서
높은 곳으로 날아가

색깔도 무게도 없는
영혼으로 살다

다시 내려와
물이 되어 흘러가며

영겁 속에서 살다가
부활하여

그대 가슴속
별로 뜨리라

소나기가 내리면

불현듯
소나기가 내리면
창문 커튼을
내려야지

온종일
구름 모아다
그려놓은 얼굴이
지워지는 걸

내게도
숨겨둔 얼굴 하나
몰래몰래
나만 보는
얼굴 하나 있음이

샘이 나서 퍼붓는
저 소나기

비내리는 하오

젖는 것은
풀닢만이 아니다
지금 오후 세시
토요일 하오가
젖고 있다

뒤돌아
지난 세월 한자락
잡고
빨래하듯
휘돌려 감아보면
아 거기
물방울 되어
떨어지는
추억의 무지개

동그랗게
살아나는 이름 석자

술잔 속에

이 저녁
홀로 잔에 담은
와인 빛깔은
네 눈물 빛

출렁거림은
사랑의 떨림되고

눈 감아
마음 닫아도
그리움 빗장 너머 가두어도
어김없이 떠오르는
얼굴 하나

투명한 그라스 속에
다소곳이 앉아있다

이슬에서 별까지

햇살폭포 찬연한 한낮
나는 이런 날 문득
새이고 싶다

머리칼 성성히 날려도
별빛 은하수 되어 시리고
끈끈한 일상 두 발 묶이어도
날개는 언제나 비상 준비하는
그래서 이슬에서 별까지

그러나 내 가슴엔
시린 별 하나 자란다
징검다리 없이 무너져 내려도
다시 발돋움하여 오르는
날으는 새

아아
나는 그대로 하여 긴장하고
그대로 하여 행복하고
그대 때문에 슬프다

햇살 아래 나와 함께 노는 날
새도 아니면서 하늘 날으는
나는 정녕
가벼운 한숨으로 부서진다

이슬에서 별까지
직선으로 날아가는 화살처럼
그 영원한 과녁을 향하여

환희의 폭죽

오 황홀한 자태의
눈물을 모으자

그리고 밖의 어둠을 바라보라
봄빛깔이 침몰한
어둔 수박색을 본다

차라리 밤은
더 요염한 불빛에
젖어들면서
행복의 여운
환희의 폭죽을 맞는다

봄은 밤에 진하게
풍염으로 웃으며
우리에게 다가오고 있다

보내 놓고

비내리는 밤
막차로 너를 보낸다

네 온기가 남아있는 내 어깨에
스민 빗물
적셔진 눈물 만큼이나 소중하구나

네 눈빛마저 싣고
금속성 바퀴 굴리며
저렇게 열차는 떠나느니

내 삶은
너의 투망질에 걸리고 싶은
은어 한 마리

행복한 때

한밤중
모아쥔 두 손에
쏟아지는 별빛
가슴에 받으면
행복입니다

새벽녘
창 너머 떠있는
맑은 달
눈이 마주칠 때
행복입니다

빛부신 하루
내 살아있음이
신의 은총임을
깨달을 때
행복입니다

황홀한 그리움이여

열락도 소유도 이미
나의 것이 아님을 깨달았습니다

이 지구상에 존재하는
모든 것은 나의 것이 없습니다
다만 있다면
끊임없이 타오른 등유
속에서 그 속에
먼 지향을 두고
가만히 연소하는

그러나 아무 소리도 나지 않는
한 줄기 여리디 여린
빛일 뿐입니다

그 실오라기의 빛줄기는
모든 번뇌와 곡진한 반란을
해탈하여
저 스스로 타오르는 황홀한
순간이 있을 뿐입니다
그것은 바로 그대 향한
그리움의 순간입니다

하지만 그 순간은
진원지를 알 수 없는
샘처럼 솟는 눈물
그러나 덜 영근
나를 가둡니다

그리움은 희망입니다
그리움은 행복입니다
그리움은 황홀합니다

잠 못 이룰 때

오늘 내내
나의 넓은 침실에는
언뜻 슬픈 몫이
노랗게 채색된다

그 벽 사이의
침묵을 커튼에다
드리우고
쉬임하고 싶다
이제 흐르고 있는
시간대가 수레바퀴로 돈다
밤마다 살아나는
목마름이여

높은 사다리로 인식된다
한없는 하늘 끝까지
아
그 긴
올라갈 수 없는 안타까움

방울방울 모아지는
비로드천의 습기가 떨린다

칠석날에

사랑 하나 품고 사는 것이
그 무슨 죄 되기에

손끝 무르고 가슴 부르트도록
너는 베틀에 앉아야 하고
나는 가이없는 진중살이더냐

삼백 예순 닷새 중 그 하루
하루를 위하여 우리 사랑은 이렇게
천년을 흐른다

네 베틀에 얼룩진 눈물방울
내 어이 모르더냐
피 찍어 놓은 수를
내 어이 모르리
슬픔도 햇볕에 펼쳐 말려보면
기쁨의 앙금으로 남는 것을

하루의 사랑을 천년으로
천년의 기다림을 하루라 여기며
꿈꾸던 오작교에
별빛 무심하여라

이 편에서 나
건너편의 너 부르리라
내 목숨의 전부를
네 사랑에 비끄러 매놓고
바람으로 비로 몸서리치며
나 너를 부르노라

야상곡

칠흑 같은 어둠 태우면
시간이 튼다
지난 시절
곱게 묶이운
나의 사색에는
오늘도 빛 찍으며
별처럼 고요하다

그리운
그리웠던 그 날에
회귀하고픈 유혹 남아있다 해도
나는 홀연히 탈출한다
떠나는 것은 그런대로
늘 쫓겨가는 새가 된다

오늘은
오늘 밤은
그리운 야상곡으로
 달래야겠다

한줄기 현란한
폭죽이
우리들 가슴에
와 닿는다고 하자

애드벌룬 멀리
또 짝지워진
숙명의 덫
그대로 다가왔다고 하자

분출되는 꽃샘인 양
그 화가가 좋아하는
색상처럼
내 가슴에 그렸다고 하자

나는 그대로
우리의 날에 숨어버린다

그날의 햇살이

크리스탈 글라스처럼 투명한
눈부심으로 잠시 다가와
절망까지 그리움에 맞고 싶은
햇빛 찬란한 한 낮

내게도 있었던 청춘
그 향기 속의
꿈 같은 추억이
봄소식과 함께
하나하나 되살아난다

젊어서 아름다운 힘으로
사랑을 추스렸던
그때 기억이
온통 하오를 채색하고 있

그날의 햇살이
여기
고스란히 살아있다

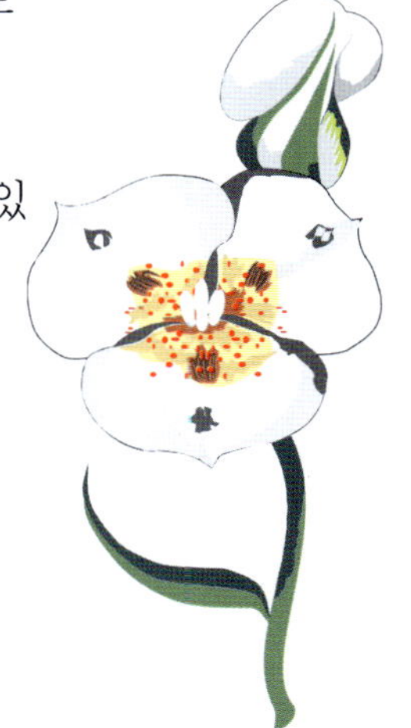

그 찬연함에

문득 그러하게 보여진
삶의 틀에서
일요일의 모습에서
축제일의 만남에서
나는 그대로 타들어갔다
정녕 예기치 않았던
그 충격
내 마음 깊은 곳에 영원한
비밀을 간직하는 그 찬연함에
스스로 놀랐지만
그러나 그 놀람은
새로운 행복이었다
불꽃이었다
조금은 그네 기뻐하는 모습에
위안을 받으면서
나는
그 소설의 주인공처럼
벅찬 감동을 맞았다

밤에 부르는 찬가

어둠 속 빛으로 스미는 너
창 밖의 모든 몸짓 불러 모아
거기 반짝이는 눈빛
거기 느껴지는 체온
거기서 들려오는 목소리

어둠에 고이 앉아 있으면
마음 오히려 더 밝아지고
속속들이 비추이는 고요

손 끝에 걸리는 바람에도
고즈너기 지는 꽃은
차라리 흠뻑 젖는 애수보다
더 찬연한 슬픔

이렇듯 맺히는 눈물
고요히 빛 뿜는 별되어
영원으로 향하는 화살되리

사랑의 고백

　　그에 대한 나의 사랑은 운명이다 내가 지고 가야 할 내 생의 십자가이며 내 살아 있는 날들의 내 호흡이며 나의 삶 족적이고 그림자이다 어떤 두려운 고통이나 시련도 장애가 되거나 겁나지 않는 마땅히 인내하고 감수해야 할 나의 운명이다 따라서 나는 그 어떤 것도 그에게 원치 않는다 그가 지닌 모든 것을 그대로 이해하고 수용하고 다만 지켜볼 뿐이다 주고 또 주고 싶은 것 투성이다 더 줄 수 없음이 안타깝기만 하다 그 어떤 것에도 대가를 원치 않으며 그 어떤 조건도 초월할 수 있다 실로 아가페나 로고스와 같은 신에 대한 창백한 관념만의 사랑처럼 승화할 수 있다 아 내 사랑하는 이여

천지의 열림

　　그것은 하나의 천지개벽이었다 부유하는 모든 인간들이
다만 스쳐 지나가는 가볍고 무의미한 인연에 불과하였는데
그러나 그는 완전한 예외였다 내 운명은 이렇게 시작되었다
전율과 기쁨 애정과 믿음 그런 고결한 정신 영역에서 출발한
나의 사랑은 그랬기 때문에 차라리 당연히 왔어야 할 운명으
로 받아들였다 그것은 나의 삶이 저 천지창조 이전의 홍몽상
태였고 비로소 젖빛 휘장이 걷히며 드러나는 천지의 열림이
었다 그에 대한 나의 사랑은 운명이다 그는 내 행복의 전부
이며 일부이다 그리고 일부이며 전부이다 나의 우주는 그로
인해 존재한다 그는 공기이다 햇빛이다 그리고 물이다

이 결핍의 욕망을

　　피 마르는 그리움 남은 날을 하얗게　연소해야만 갚을 수 있는 무한의　사랑 내 생의 남은 날 몽땅 주고 얻고 싶은 단 한 사람으로 그러나 오직 그가　이 하늘 아래 함께 존재하여 주는 것만으로도 기쁨이 되는 사람 그리하여 주고　또 주어도 끝없이 주고 싶은 이 결핍의 열망을 이승의 삶 모두 그렇게 태우며 살아도 나는 좋으리라

우리가 그린 초상화

우리는
외지 눈밭에서
신비에 싸인
보자기 풀어
분홍빛 그리움 찾았다

그날 이후
내게 태어남은
작고 작으나
원자의 값 만큼
소중한 입자

그대로 타오르며
희망인 채
하늘에 감사하고
눈밭 바라보면서
서로 외기 쉬운 숫자
세어 보면

우리가 그린 행복의
초상화

다가오는 축제일

돌담에 끼인
습내 위해서도
우리 일기는 포장되어야 한다

비맞으며 다가오는 축제일은
왠지 허망하게 오고 가는
나이테의 셈과 같고

어찌한다면
또 다시 세어야 하기에
연분의 끝으로 칭칭 감아야지

첫 입맞춤 같은
부끄러움이 허공을
감고 있어

한 곡예의 자리를
펼친다는 것이
내 커다란 모험이다

비바람 따라

무엇이든
커다란 만남을 다소곳이
챙겨야 한다
그러해서
가까운 비바람에
어디까지나 힘껏
오르내리는
요술사되어
새로운 밝음
찾아내야지

비바람 따라
흐르고 흐르고
그러나 그대
꼬옥 안지 않으면
바람처럼 사라지는 것을

여 로

내 마음은
당신과 함께 일구는
비단 오솔길
향기로운 꽃길

당신 마음은
사념으로 깔린
여린 양털 카펫처럼
포근한 둥지

당신과 함께
가야할 곳은
끝없는
사랑의 여로

누가 5월을

누가 5월을
그냥 지나칠 수 있을까

저지르고
용서받는
그렇게 너그러운
계절임에

누가 5월을
홀로 보내는가

가시도 장미꽃 갖는
이 좋은 계절에

좋은 이의 이름은

가슴으로 남아진 그리움의
정거장에는
하얀 장미꽃이 피리라

바람 피해 쉬임하는 곳에
마음 가득 차오르는
좋은 이의 이름은
책갈피 자리 바뀜이어도
떠나지 않는

나는 긴 기다림을 깨고
활짝 핀 장미꽃
한 송이 따리라

사랑꽃 피어나

하얀 옥양목에
연두빛 물드린 듯
사랑꽃 피어나

범나비
향그러운 사이사이
훨훨 날으고

수놓은
내
마음의 지평선

날 서는
정갈함으로
기다리다가

모든 것
그대에게
바치고 싶어

애정의 불꽃은

꽃은 계속 피어서
다시금 희망을 깨닫고 있다
애정의 줄기 따라
떠나지 않고 이어지는
사랑의 숨결이 보인다

너무 허기지지 않아도 되는
마음마다
찬연하게 자리한
애정의 불꽃은
다시 피어남을 믿는다

길다랗게 이어질
사랑의 열매는
나의 생명줄에 촘촘히 널려 있다

제 2 장 그대여 이 맑은 가을에 오라

씀바귀

남은 날
모두 주고
얻고 싶던 단 한 사람

이룰 수 없는
엉겅퀴 가로놓여
생으로 앓다가

쓰디쓴
그리움은
하얗게 익어간다

뿌리가 더 쓴
씀바귀라던가
사랑은

좋은 날

우울보다 긴
고요의 휘장 헤치고
소중한 너의 틀에
조심스레 다가가던 날
벽에 걸린 그림은 우리를
조용히 보고 있었다
그래서 부끄러웠던
그대와 나
일상에서 떠난 내
욕망때문이었을까
그때
밖의 어둠은
방안 공기 식히느라
눈을 감고 있었을 게다

그리움

어스름 눈 감고
박힌 돌 베개 삼아
은하수에 몸 담고
가슴 토닥이다
날이 새었소

눈 부비며
높이 뜬 태양
따슨 빛발 향해
젖은 사연 띄워보며
말리려 해도
그리움의 눈물
더 촉촉해졌소

타오르며

그리움은 외로움
소슬바람마저
현란한 나뭇잎 지게 하고
적막함이 더하여
어둠 드리워
나를 보며 다가오는
애잔한 새소리

산 아래서도
들녘에서도
더디더디 옮아 서는
연정의 숨결
불그레한 노을빛 여리고

올망졸망 깔려 있는
언덕과 언덕 사이로
연면히 들려오는
그네의 기원

천주여
이 한 번만의 사랑
용서하여 주소서
일생 처음
가장 소중한 분을 발
견한
저를
당신의 사랑으로
긍휼히 여기소서

아 그대여
그리움에 타오르며

속 삭 임

오늘은 하늬바람
새벽창 문풍지 떨릴 때
텃마당 끝 감나무 위
산까치 울어대고
님 오시려는가

밝은 빛 퍼지며
구름 사이 푸른 하늘
제비 한 마리
기쁜 소식 전하느라
고운씨 떨구고

반가와라
그대 목소리

금가루처럼 쏟아지는
햇살을 보며 당신을 생각할 때
살아 있음이 이토록
행복한 것인가를 미처 몰랐습니다
뒤늦게라도 당신을 발견했음이
얼마나 다행인가를…
당신의 빛나는 눈과 곧은 의지 보면

새로 탄생한 기분입니다
제 생애에서
이만큼 한 사람에게
찬사를 보낸 적이
단 한 번 없었던 점
스스로 놀라울 뿐입니다

님이여
그대 속삭임
내 마음의 대지 위에
봄비 내려 촉촉히 적시고
삶의 보람 일깨워
더 강한 의지
간직하게 하였에라
모진 풍상 닥쳐와도
이겨내는 슬기 키우리이다
나의 길을 향하여

봄의 연정

4월은 생명의 계절
목마른 대지에 단비 같은 햇살
희망 샘솟는
맑디맑은 연록빛 퍼지고

새싹 움터가는
오묘한 숨소리
푸릇푸릇 꿈길 밟고 와
봄은 님과 함께
연분홍색 수놓는다

온누리 놀라움과
은혜로운 축복 가득하고
어제와 다른 오늘의 생명
자라는 신비의 씨앗이여
물 오르는 숨결
땅마다 술렁이고

그대와 나 사이
가로막는 엉겅퀴 있어도
서로를 사모하는 지순함
마음의 사랑이매
영원한 빛이어라

봄의 소리 함께
시린 가슴 덥히고
더 아끼면서
화창한 맑은 마음으로
바라봐야지

다정하게 다가서는 님 야윈 손 잡고
애련함 고이 재워
수정같이 맑은 탑 쌓야지
사모
그것은 행복이었음을
하늘에 감사하리이다

5월의 그리움

5월 하늘 푸르름이
목화구름 사이사이 흐르고
나즉한 들마다에
풀냄새 파릇한 세계
감미로운 초여름이 열린다

밀물처럼 가슴 적셔오는 그리움
어쩔 수 없이 먼 산 바라보니

싱그러운 바람마저
아지랑이 헤집고 미소 짓다

보리밭 새싹
소롯이 넘겨다보매
예쁜 종달새 지저귀며
하늘 위로 높이 날은다
절로 하늘에 님 떠오르고
고운 시간이어라

종달새야
정든 님 가람 여울목에
데려다 주지 않으런

어제는 밤 새도록 님 생각하다
가슴에 고인 사모의 정 사르고
여명 우러를 때
금꽃 같은 새벽 놀
빛나는 태양 님의 얼굴
속눈썹 어리는 차가운 이슬

정염으로 녹여야지
그리움 타오르는
내 마음 달래고저

형벌이런가

곤한 새벽 잠
까치 우는 소리에 깨어
바깥 바람 쏘이고파 창문 열고
높푸른 하늘 올려다보니
신기하여라
하얀 반달
감나무 가지에 걸려 있네
이윽고
까치 떼 반달 타고 앉아
큰일 난 것처럼 지저귀는데
오늘 무슨
경사라도 있을 것인지
가슴 설레임

초여름 빛살을 뚫고
강을 타며 산 넘어오는
당신의 목소리

제 몸의 피는
일제히 발밑으로 빠져나가는
삼투압 현상이 일어납니다
어차피

저의 나침반과 주판알은
몽땅 망가졌습니다
당신을 안 후에
전생에서
저는
당신께 무슨 죄를 지었기에…
피 말리는
그리움으로

5월은 차라리 슬픔입니다
맨살조차
따갑게 아려지는
아
형벌이여

그리도 기다리던
님의 소식
빠알간 봉투 조심스럽게
뜯어 보니
그대의 간절한 사연
나로 인해
괴로워하는 모습
애련의 고뇌여
그리움은 고통이런가
사랑해서 안될 사람
사모하는
형벌이런가

그리움 애절함이여

어둠 제치고
맑은 햇살 살포시 다가오듯
그대 가냘픈
그리움 애절함이여

　　그리도 준엄한 자책
　　자기 해체를 시도했던 며칠은
　　형벌만큼 아팠습니다
　　그러나
　　꼭꼭 여민 울타리 부수며
　　다시 저는 당신에 대한 그리움으로
　　타올랐습니다

　　축일처럼 흘러갔던 시간
　　저의 목숨 실핏줄이
　　가장 발이 고운 현처럼 튕기어
　　소리났던
　　그 극렬한 행복을
　　당신은 알아차렸는지요
　　저는

죽음도 두렵지 않은 듯한
고통스런 행복에 떨며
이 땅 위에 그대라는 별이

존재함의 불가사의에 놀랐습니다
저의 도덕이나 미래
가장 가치있게 타인들이 지어준
명예
그런 것을 몽땅 깔아
당신의 발이 닿는 곳 양탄자로
펼쳐도 좋을 듯이
저는 그렇게
당신에 대한 금단현상에
빠져있습니다

떠돌이 별 지구에서
제게 님은 유일한 별
그대여
그 순수한 모순의 형상
얼마나 그대에게 많은데도
저는
한 마리 새 되어
날고 있습니다

오늘도
햇빛이 눈부시게 흘러넘칩니다
이 낭자한 빛살
저는 거듭 그대 있음에
축복임을 감사합니다
목숨의 향그러움
알 수 없는 의미의
눈물과 함께
그대 그리움이여

황홀한 꿈

그대
잔뜩 토라져
바람에 숨어 우는데
잿빛 세계
흰 눈 소복이 덮이자
밝은 빛으로
부활하는 기쁨
전율하며 뜨겁게…

지치고 멍든
오랜 별리 끝에

목마른 고개 들어
우러르면
머리끝까지 차오르는
환희의 감로주
정염이 떨림으로
불을 지피고
그 황홀의 절정
행복함이여

불 붙은 가슴 헤집고
수 놓은 듯 연초록빛
새 한 마리 날리면서
별 하늘 바라보는
기다림의 보람이어라
아
그러나
꿈이런가

모닥불 지핀 죄

비취색 하늘에
푸르른 강물 바라보며
연변따라 녹음에 몸 담고
환희의 밀회
그 행복함이여

시린 가슴 데워가며
정담 나누는데
정해진 시간 유수같이 흐르고
아쉬움 남기고 간
10월의 만남
영원으로 날으고 싶어라

둘만의 세계 열려 해도
아 가로막는 굴레여

　　단 몇 시간의
　　황홀한 연소를 위해
　　저는 얼마나 인내하며
　　그리움을 물레질해야 합니까
　　당신을 만나고
　　헤어져 돌아오는 시간은
　　아득한 낭떠러지에서
　　곤두박질치는 허탈감
　　온 세상에
　　홀로 서있는 고아처럼…
　　낯선 거리
　　강변에 흔들리는 수은등조차
　　울고 있었습니다

그대의 마음에
모닥불 지핀 죄
가슴 여리는 괴로움
하늘을 우러르며 속죄하는데
그래도
정염 잠 자지 않고

가을 오솔길에서

그리도 푸르르던 산
며칠 전 된서리에
누렇게 변하더니
오늘은 핏빛 황금빛 세계로
아 현란한 색채

색종이 오려 만든
소녀의 모자이크처럼 온갖
그림 절로 나오고
오솔길에는
나무 잎새 떨어지는 소리
아직은
한줄기 숨결 남아 있어도
고독한 눈빛 감출 수는 없겠지
그러나
버림받은 낙엽은
차라리 편하리라

가을 오솔길 밟는
나는 외로워

그리움 병이런가

가을 계곡마다
색칠하느라 술렁이는
하늘 빛
옹달샘에 드리우니
새들 물속을 날으고
맑디맑은 유희
그림자 속에 숨은 물방울
은색 받쳐 입은 돌 이랑
이끼 낀 바위 될까
마음 촉촉히 젖고 싶어라
그대와 함께라면

곳곳에 숨어 저를 감싸는
님의 숨결
첫 번째의 만남에서 지금까지
백 도의 고열로 끓어
남은 것은 안타까운
하얀 재

저의 목숨을
잦게 하는 그리움의 병은…

아 가을밤
아리도록 아름다운데
님은 어디에 계시는지

그대여
이 맑은 가을에 오라

훨훨 날아
고독에 사무치는 계곡의
적적함은
차라리 열병이라지
지둔하고 슬픈 사랑은
망각의 세계에 넘기고
밝은 희망에 살자
비록 떨어져 있을지라도
마음의 사랑 충만하기에
우리는 승리자가 아니냐

당신이여
소리 높이어 불러도
대답없는 메아리
베갯모에 저며오는
그리움 그리움
한 뼘 두 뼘 얼굴 옮겨
다시 불러보아도
당신은 먼 곳
아주 머나먼 곳에 있기에
오늘밤도
몸부림치며
사모에 웁니다

작은 그리움으로 인해

그 해에는
열광의 용광로에 나를 태웠는데
오늘 또 한 번
출렁이는 마음이 있다

작은 그리움 때문인가
지난날 잊지 못하여
애태우는 가슴가슴
떠올리는 것만으로
설레임 찾아드는 지금

다시 그 날의 포효에
파묻힌다
오랜만의 해후에서
더 깊게 그 여울에
휩쓸린다

해바라기의 길

당신을 따르는 길은
꿈만 같구나

한 점 부끄럼 없이
내 오욕의 불씨 다 버린다
이제 맑게 닦인 얼굴로
당신 우러르리

금빛 햇살이
수직의 매를 쳐도
당신 따르는 길은
영광이구나

고난의 상처를 짊어지는
기쁨이구나

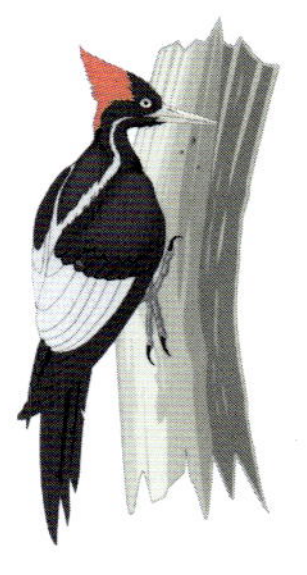

더 빛부신 벽공

소슬한 바람에
가을밤 영글어
더 빛부신 벽공

저 밝은 달 향해
가슴속 단풍을
한껏 자랑하지 않으런

보석 절구에 빻아
체에 곱게 쳐 뿌린
별들은 몽환 같은 그리움

떠나고 싶지 않고
보내고 싶지 않는
행복의 이 밤이여

제 3 장 별처럼 빛처럼

내 사람아

그대
신의 은총으로 내려와
대지 가득
은혜로운 축복으로
적시는 사람

언제나
그대는 빛이어라
아름다운 이여
이토록도
내 혼에 불지르는
사람아

비

내 그대 곁에 함께 못함에
가슴 가득 고독에 잠긴 밤
이어이어 내리는 비
창문에서 부서지는데

그대 영혼의 단비는
하늘에서 내려와
마음 질퍽이 적시며
핏줄에 번지고

불덩이
활활 탄 심장 어긋어긋 누르며
더운 피부 뚫고
뼈마디 그리움

영혼의 단비인 그대
내 감성속에 스며
짖꿎은 하늘
주르르 쏟아질 듯
포화된 영혼의 융합

그대 영혼의 비
내 안에 채워졌기에
충만한 생명
환희의 떨림
행복의 전율이어라

환 희

이 세상에
사랑보다 더 아름다운 별이
있을까
나는 두리번거리며
찾는다
매혹된 고독
행복임을 깨닫게 한

사랑이여
환희

두 손 가득
쥐었던 모래들이
내 안간힘에도
다 새어나가는
아쉬움
약속된 숙명의 시간은
소리없이 다가오고
이때
나는
가장 아름다운 별을
찾았다
지금 사랑하고 있기에

이 세상에
사랑보다 더 아름다운 별이
또 있을까

속삭임은

귀여운 손짓으로
두런거리며
첫사랑 같은
우리의 속삭임
조금 떨리며
조금 서걱이며
탑 쌓는다

우리의 속삭임은
대답한다
지금을
몰라보게 커다란
마음같은 신선(神仙)이
공들여
하루를 쓴다고

만 남

현란하게
꾸며놓은 커튼 뒤에
숨겨진
그 꽃은 무엇일까

내내 나 태우면
연소된 후의 꽃술에는
어떤 작별이 있나

작차는 기쁨이
곶감 널려 있듯
방안 가득한 풍요
쓸쓸한 것은
두런이며 남아 있는
천연한 미소
아
하루밤의 영겁

밀 애

좀 부드러이
헤쳐나가면
너른 세상의 잎새 만지는 것처럼
아름다움에 헤아리는 골짝
자유로움이었던가
넉넉한 고독이었던가
그건 사랑의 숲으로 남는다

두터운 털옷같은 비밀
가슴안에 감아놓기에
그 그림은
연정으로 그어지고 있다

꽃은
꽃으로 함께 가는
걸음걸이가 있다
흰빛 묻어 패인 까닭
저리 저리 살기 위해서는
높게
또 아름답게 부서지는 환희
그 분수대에 오르는
물보라를 본다

입맞춤

꽃병에는
알맞은 습도가 가지런히
남아 있었다
다시 닫아두는
밀폐된 병 앞에서
어찌할까
계속 서성이면
이리 가고 저리 가고
강변의 바람

꽃병의 웃음
가득하게 부서져 나옴은
이 사랑에 대한 미련이지만
그어지는 현재의 포말선

꽃병에게
보내는
첫공기는
향기 가득한 입맞춤
아
감미로움

밤에는

밤에는
푸른 정적이 있고
요요한 달빛이 있다

하여
고독조차
역사를 잉태하는
신비의 세계

황홀 그 절정에서
누리는
행복도 있다

밤은 인간에게
축복이다

별처럼 빛처럼

하늘 끝없이 푸르오
해변 무한의 바다
우리 마음처럼 출렁이오

밤이 와도 하늘은 빛나는 세계

별무리 이 밤을 축복하고 있소
아
이 찬란한 누리

　　님은 영원한 별
　　저는 밤하늘이 되고 싶으오
　　그대
　　제 마음속에 영롱하게 빛나소서
　　이 빛 이정표 되어
　　연인들 등대 되리이다

　　저는 하이얀 모래
　　님은 파아란 파도 되소서
　　그대 다가와
　　깃들인 모든 말 들어주오
　　사랑의 포말되어
　　승화하리이다

　　님은 창공을 나는 새
　　저는 비취빛 하늘이고 싶으오
　　당신은 무한의 시공에 나래 편 불사조
　　꺼지지 않는 연정의 빛
　　어둠 사르는
　　사랑이리니

저는 아늑한 수풀 새둥지
님은 멀리 날아간 파랑새 되어도 좋아요
보금자리 잃음은 가장 큰 아픔
그대 땅끝 헤매이다
지친 고독으로 다시 돌아와
안기우리니

님은 엄마만 아는 보송한 아가
저는 그대 품은 지순한 어미
별빛 미래의 동공 맞추며
우유빛 가슴에 뺨 대소서
그리고 심장의 고동
들어주소서

별처럼 빛처럼
사랑의 환희여라
이 세상 끝까지 무한의 시공에서
그대만을 위하여
살아가고 싶으오
다정한 읊조림
마음속에 새기리다

상록수의 아침

밤을 꼬박 지샌 새벽달이
서녘으로 숨고
바다 빛깔로 하늘은 눈을 뜬다

안개가 지워놓은
아파트 꼭대기는 제모습 찾으려
갸웃거리고

비워 둔 거실에서는
파랑새 지저귀는
전화 벨 소리

차츰 소음이 시작되는
늦은 아침이 되면
전철의 경적이 정겨웁게 들린다
뚜— 뚜—

커피를 끓이며

요즈음의 시는
가스렌지 위 물주전자에
커피 끓이기

그 누구나 손쉽게
물을 붓고 불꽃을 조절하여
적당량의 커피 설탕을 넣고
커피 마시기

한잔의 커피쯤은 끓여낼 수 있는
누구나가 시를 짓는다면
시는 차 한 잔일뿐

치열하게
혼신의 힘을 다하여
내 이름 위에 환히 걸어놓아도
부끄럽지 않을
그런 시 한 편을 쓰고 싶다

차 열잔 아니 백잔 끓이는 동안
그 긴 인고 속에서
내가 바라는 진솔한 싯귀
한 줄이라도 쓰고 싶다

봄이 오는 소리

젊음이 약동하는 어느 날이었다 싱그러운 아침공기 마시며 새순이 막 솟기 시작하는 연록빛 주변에 젖으면서 숲을 헤쳐 나갔다 좁고 험한 오솔길이었지만 오히려 더 정겨웠다 얼마 후 앞이 훤하게 트이면서 동화에서나 나옴직스러운 빠알간 지붕의 예쁜 집이 나타났다 그 집 뜨락에는 뜻밖에도 내가 늘 마음속에서 그리던 청초한 여인이 기다리고 있었다 정감이 듬뿍 담긴 뽀얀 미소의 그네에게 다가가 나는 감격의 탄성을 지르며 덥썩 안았다 그러나 웬일인가 여인은 한 아름 나무로 변하는 것이 아니겠는가 나는 정신을 가다듬고 뚫어지게 그 나무를 응시하였다 그때 나무와 나무 사이에서 천사와 같은 봄이 오고 있었다 비발디의 사계중에서 봄을 연주하는 바이올린 멜로디로

5월에는

호수의 수면위에
돌 조각으로 파문 만들기
5월에는
무언가 던지고 싶다

눈부신 휘장 드리우고
바싹 다가온 5월의 여신
마침내 완숙한 계절 만들기
찬연한 햇빛 바다에서
잠자는 가슴에 파도 일으키기

봄에 온 수줍은 새색시는
이미 완숙한 여인이 되고
그래서 절기는 무르익는다
눈부신 햇살 맞으며
그대로 앉아 있을 수 없는
격정만들기

제 4 장 바람되어 너에게 가면

술 잔

흐트러진 매무새로
한자리 돌고 나서
다시
내게 온 너를 맞으니
온 시름이
네 속으로 무너진다

돌고 돌아
다시 돌고
취기어린 눈매로
만나는 것이
아픔으로 번지는
저녁나절

빈 잔 하나
가득히
따라 담는
한 세월의 넋두리

내가 시인임을 의식할 때

매일 나는
허허로움과
자유로움 사이에서
살고 있다

들꽃의 생리까지
내가 훔친 것은
내 소신이다

보리밭 이랑 사이로
달아나는 종다리
좇는 일까지도
내가 할 수 있는
일상이다

그 생활에서
찾아내는 싯귀가
모아질 때

비로소 나는
시인임을 의식한
다

다시
허허로움과
자유로움 사이에
묶이운다

가을이 오는 소리

조개껍질 하나
건네주던
소녀의
은행잎 같은
고운 손처럼

불러도
뒤돌아 보지 못하는
불그레한
소녀의 볼처럼

바람은 바람끼리
구름은 구름끼리
정답게 어우러지는데
소리없이 내 곁에
다가서는
그림자

바람되어 너에게 가면

내 마음 그리움처럼
바람되어 너에게 가면
현란한 꽃이라기 보다
이름없는 풀꽃으로 맞는다

어느 밤 시들어가는 너에게
감로수 같은 나의 이슬 뿌려주었건만
내 마음 깊은 곳 슬픔 가득 남기고
아 너는 내 곁을 떠나고 말았구나

네가 보고파 바람되어 다가가면
이름모를 산새 한 마리 나를 반기고
잡초 무성한 초원 한가운데
들꽃 한송이 나를 보고 미소짓다

옛날을 생각하면

힘들지 않게
사로잡던 온갖 사물이
이제는
하나하나 균열이 남아있다

흔하게 보이는
붉은색 멜로디가
이제는
안타까운 상흔으로 묻어있다

이곳저곳에서
흔들리는 순간
이제 견고한 금속으로 변하고

옛날은
옛날은
밤비 맞은 추억으로 되풀이 된다

이제는
풀잎에 매달린 물방울처럼
그렇게 서럽게도
안타까워하고 있다

이 별

간간히 기침처럼
해바라기 목이 슬픈
작은 간이역
아주 잠깐씩 머무는
삶의 정거장에서
나는 어느 순간
당신을 생각합니다
너무 멀리 와버려
이제는 영영
당신 찾아가는 길
놓쳐버렸습니다

가야할 길

가야할 길 멀다지만
떠나는 바람따라
새되어 날면
좁았던 시계가
확 트이는
이 새로운 기적

수면에 투망되는
나의 의지도
알고 보면
사랑이 남아있기 때문이다

가야할 사람 보내는 것
어두운 겨울밤일지라도
타오르는 정념 남아 있기에
새 먼동이 보인다

조락의 계절이 오면

조락의 계절이 오면
나는 홀연히
떠나리라

차가운
이슬 입고
더 슬픈 찬연함으로
꽃피는
낙엽처럼

새싹
순한 그리움 자라
무성한 여름 만들며
꽃동산 꿈꾸던
추억 묻고
나는 떠나리라

가지 끝에 나마
고즈너기
아픔 씹는
아
나의 마지막
꽃닢이여
바람도 모르게
조용히 가야 하지 않는가

가을 오는 소리

철늦은 여름꽃
가을 문턱에 머물어
향기라도 남기고 떠나려
마지막 모습 뽐내지만
빠알간 노을에 묻히고

달빛에 바랜
산기슭
영롱한 구슬 만들며
계절 재촉하듯
청량한 문 연다

가을은
밤에
다가오고 있다
요염한 풀벌레 소리
함께

추 억

수면에 투영되는
내 모습
번뜩이는 환영에 젖으며
숨어 있던 나이테 센다

가야 할 길이었지만
마침내 오고야 만
이 시점에서 뒤돌아 보면
흘러간 시절 문득 그리워
좁디좁은 연민에 묶이운다

덧없는 세월이던가
물위에 던진
조약돌
어릴 때 같은 파문인데

꿈

매일 줄어가는
어항의 물을 바라볼 틈도 없이
기다림은
와버린 휴일 저녁처럼
어김없이 별이 된다

나는 꿈의 낚시를 드리운다

먼 산을 향해
바라본 숲의 그늘이
그 호반에 비추인다

이윽고
작은 빗방울 떨어질 때
꿈 속의 낚싯대는
허위적거리며
물을 떠나려 한다

낚인 붕어는
물 속으로 도망친다

한 마리 사슴되어

고독의 수림 깊숙히
기쁨 잃은 사슴
가라앉은 모습으로
생명의 빛 바랜 영혼은
그 안에 숨습니다

바다 한 복판
물살따라 내려가는
낙엽 같은 연약함으로
산산히 찢어지고
석상처럼 침묵하는
차라리 돌이되어
바위 되어
한 마리 유순한 사슴되어
해맑은 미소 띄우며
당신 앞에 꿇어앉겠습니다

부신 은총의 거울에 비추이는
진실한 혼의 울음이
가슴 찔리울 때
나는 다시 태어나
당신 곁에 돌아가겠습니다
한 마리 사슴 되어

날아간 나의 새

내 마음 속에 자리한
축복이었던가

지난날의
사파이어 광채를
어디에다 숨겨두고
희미한 추억 속에
묻히고만 오늘의 절망

기쁜날 더듬어
열린 문으로 살펴도
다시는 돌아올 것같지 않는
나의 새

내가

내가
갖고 있는 작은 자유에
이제는 수갑이 채워지고
다시 돌아올 수 없는
저 하늘 너머로 날리운
이 공허

그저 막막히
사위는 가슴이 뛴다

사랑이 지핀 불꽃 재우며

긴 상념의 나날을 가져야 한다
지난날들을
곱씹고 반추하면서
사랑이 지핀 불꽃 재우며
꿈으로 가꾸고자 한다

나는 이제
추억의 겨울강에서
조용히 배를 띄우며
밤 하늘 푸른 별처럼
말없이 빛뿜는
시인이고 싶다

과거에 매어
질질 끌려 다니는
그런 나약함으로부터
벗어나야 한다
혼자이어야 하는 지금은
숙명에 따라야 할
고독한 낚시꾼

그러나 나는 고독하지 않다
고독에서 낚아내는 시가 있기에
나는
나는
그래서 행복하다

오늘도 시를 탄생시킨
기쁨이 솟아 오른다

잊혀진 날들이라면

썰물로 비워둔 모랫벌에
미련으로 남겨둔
발자국도 지우고
가라
잊혀진 날들이라면

저리
하루를 남김없이
불태우는 놀빛되어
빛나던 맹세 거두고
그대로 가라

긴 그림자 끝만 밟으며
서성이지 말고
내 이름 석자까지
잊으며 가라

제5장 꽃은 그림자도 아름답다

꽃처럼

꽃은 그 그림자도
아름답다

꽃닢 갈피마다
추억의 그림자
그래서 꽃은
늘 황홀한 그리움

온종일 나 따르는
그림자도
꽃처럼
의미 있으면 좋겠다

목련 아래서

누가
부끄럼도 없이
부푼 젖가슴을 열고
목젖이 보이도록 웃고 있다

가지런한 치아에 물린
팝콘 몇 알이
볕에 드러난 머리 위로 떨어진다

한번도 본 적 없는
눈부신 요정들이
햇살도 곁눈질하는 사월의 뜨락에서
뽀얀 순결 내놓으며
옷을 훨훨 벗는다

자목련

삼월에 가슴 설레이는 까닭은
친정 갔다 돌아온 새댁 때문이지요

보라빛 사랑 매듭 만들고 풀어가며
꽃샘추위 재우는 요술 부린답니다

시새우는 바람에 꽃닢 지는 것도
알고 보면 사랑이 넉넉한 까닭입니다

백목련

겨우내 오므리다
백일 채워
한 겹 껍질 벗는
고행끝의 환생

차례로 흰 자락
눈부시게 빛내며
부활 예고하는
봄의 전령사

바람 받아
향기 사방에 날리어
겨울 내쫓는
척후병

결코 세상이
더럽지만은 않다고
점잖게 타이르는
랍비

개나리

그리움에 서성거릴 때면

낯익은
그림자
내 등을 두드린다

하늘 품어안아
돌아온 바람이
천지에
봄 빛 흘리고

소녀의 입술에
방긋 물려 있는
사랑의 시 한 줄

그 떨림에
그리움 누그러진다

꽃

너의 입술은
소망 태우는 작은 돛배

너의 눈결은
먼 발치에서 바라 본
예쁜 별떨기

오늘까지
나 연소시킨 것은
풍기는 향기

민들레

너의 웃음 찍어 먹고
세상은 노랗다

웃음에 매달린 그리움 풀어
시를 쓴다

목메이게 불러보는
홀씨의 사랑

빙그르 천년을 휘돌아도
세상은 희망의 노란색

네가 나를 기다리는 동안은
내가 너를 기억하는 동안은

진달래꽃

극렬한 그리움을 앓다
신열로 눕다
그리고
순하게 부수어지다

추억조차 슬퍼
회상조차 목이 아려
차라리
하얗게 빛 바래고
나신이 되는

너는
단 한번 앓은
슬픈 내 사랑

튜울립

부끄럼 타는
처녀의 몸매
관능의 풍염이여

다소곳이
닫힌 자태
수줍음 흘리고

다이아나 플로라
두 여신이 만든
순결꽃이라서

동정녀 닮아
짧은 색모
아쉬움 남기긴가

해당화

몇 겹 여린 꽃닢
밤 이슬에 씻기면
더 영롱한 빛깔

반짝이는 두 볼
깊고 고요하게 묻으면
인고로 생긴 향기
그윽히 퍼지는 새벽

꽃은
거친 파도를
유순하게 재운다

석류꽃

깊은 곳에 놓아 준
불침 떠올리면
바람도 숨 죽이고
때로 은밀한 기운 감돌아
요염해지고

붉은 속살 열매
온몸으로 웃고 있는
들켜서 부끄러운 몸짓

장마철
어수선한 뜨락에
불꽃 튕기며 열기 뿜는
너는 요녀

풀꽃과 벗하며

아무도 보아 주지 않는
풀꽃 하나
낮달 올려다보며
고독을 달래고 있다

한뼘 키에
꽃닢 하얗게 빛나
노란 꽃술이 눈부시다

내가 보지 않았더라면
세상에 태어난 보람
없었을 것이라는 생각에
그 자리에 주저앉아
오래오래 벗해 주며
시 하나 지었다

예쁜 바이올라

너무나 향그러워
샘난 비너스 때리매
보라빛으로 변한
바이올라

한 뼘 짧은 키에
다섯 꽃술
향 풍기며 나비 부르니
봄의 동산에
찬연한 전령사

봄을 노래하다
발 아래 내려다보면
보라빛 어리광에 홀려
멈추는 걸음

사루비아

몇 해 전
무작정 집을 나와
우연히 흘러든 찻집에서
언제나처럼 껌을 씹고 있던
순옥이가
길가 좌판에 널려 있는
붉은 색 루즈를 하나 골라
지금 막 칠하고 있다

사루비아 연정

여름을 태우고
핏줄 솟는 정염

다 쏟고 마는가
멋있게 살라고

단 한 번
불사르고 마는가
폭죽처럼

사루비아 격정

한 맺힌 그리움이
속살로 머무르다
마침내 피 토하는 분노

엇갈리는 언약
믿으려다 지쳐
붉게 달아오르는 자괴

사방 둘러보며
인고에 달고달은 몸짓으로
나그네에게 손짓한다

사랑으로 참으려다
폭죽되어 뿜어대면서
한을 노래하고 있다

밤국화

별빛 내리는 뜨락
나뭇가지 기울어진 사이로
바람은 자고
상서로운 기운 감돌아
열린 옷섶 여미다
이윽고 여물어가는 꽃잎

돌아서서 감칠 듯 감칠 듯
천년의 여운
누구 위해 뽐내는가
아무리 미색 뛰어나도
계절 뛰어넘지 못할지니
차라리 눈 감고 말 것을

국 화

영겁을 누려온
당신의 그 기풍
동양의 지조여라

꽃 향기
가을 향기

꽃 기품
가을 기품

가을에는
언제나 국화빛

심오한 정취
군자여

구절초

이 세상 홀로 피어도
외롭다 하지 않는 넉넉함

이름을 불러주기 전에
스스로 피고 지는데

무슨 애닯은 사연 있길래
구절초(九節草)란 말이냐

가을 산자락 아래서
내 눈길을 잡아매는

전생의 어머니 닮아
오늘 다시 만나는 기연(奇緣)

수선화

가끔은
벌이 되어 톡 쏘고
나도 따라
죽고 싶은

황홀한
나르시소스여

수선화

코스모스

내 이름은
늦여름 밤의 반딧불
연분홍 입술로 불을 켠다

바람이
허리를 휘돌아
가끔은 자지러진다 해도
나의 밤은 길고 깊어
결코 이별을 허락하지 않는다

가을이
제 살을 다 녹일 때까지
나는 수백 번의 손을 흔들어
내 이름을 남긴다

카트레아

순백의
웨딩드레스에 빛나는
사랑의 증표
하양 노랑 주홍

행복 다짐하는
하느님 티켓
그 우아함 자랑하며
버진 로드 열어주니
축일의 여왕

카트레아는
눈부신 언약

파 꽃

들녘의 총성이
시작되는 찰나에도
파밭은 직립(直立)의 자세로 서 있다

이 땅의 심줄 같은 연분도
벙그는 네 몸속에선
하얀 수액으로 고인다

다시 저 들녘에
평화가 온다 해도
너는 총대를 맨 체
파수꾼으로 남는다

강아지풀

여름날이면
내 발밑에 옹기종기 모여
까르륵대는 어린아이들

손끝으로 토옥
건드릴 때마다
못견디게 간지러워 깔깔거린다

내 어린날은
강아지풀 세상
온갖 보는 것 듣는 것이
즐거움뿐

강아지풀 무더기 속에는
옛날의 내가 뒹굴며 논다

강아지풀은

큰 딸아이 배내짓 하던 때
그 볼에 웃음 같은

다가가 간지럼 태우면
깔깔거리던 얼굴 같은

봄날에는
강아지풀이 바람에 간드러진다

씀바귀여

내 지닌 것 중에
가장 단 것을 뽑아
너에게 준다

평생
쓰디쓴 흙의 젖줄을 빨고
세상의 허물이란 허물
다 안아 피우더니……

지닌 것 중에
단 것만 골라 삼켜
너를 키운다

안개꽃

가냘픈 망사에
눈빛 낟알

그 속에 엉기어
사모에 젖고 싶어

꿈 같은 추억 더듬으며
그대 실낱에 감기고 싶어

안개꽃

부레옥잠

당신은 연못
나의 깊고 아늑한 품이어요

언제나
당신 생각에 매달려
나는 잠 못 들어요
땅 속으로 뿌리내릴 수 없어서요

이렇게 떠서
한없이 떠서 꽃이라도 피워
당신 숨결따라 흘러 갈 거예요

지독한 사랑에
뼈도 살도 다 삭아
내 몸은
공허만이 남았어요
공·기·방·울

예쁜 수틀

계절이 부르기 전에
호탕한 거리마다
바람비 세운다

어두운 골목에는
여기저기 늘어놓은
예쁜 수틀

우리들이 바라는 것은
새로 짠 비단
그 바탕에 꽃이다
봄이 보인다

아네모네

꽃샘 바람 함께
다소곳이 드러낸
가냘픈 소녀처럼 여민 꽃
아네모네여

꽃의 여신 플로라
사랑의 여신 비너스
다 함께 비련 안기고
부활한 바람꽃

바람 따라 피고
바람 앞에서 지지만
슬픔 접어
하늘나라 사랑
열매 맺었으므로
행복하였네라

양귀비

흰빛 빨간빛 보라빛 아우르네

타원형 잎사귀
줄기 끌어 안아
살포시 여미는 꽃봉오리 밀어내고

활짝 피면 황홀하여
누구나 놀라는데

미인의 칼날인가
독 묻은 요염

양귀비

달맞이꽃

밤 이슬에 촉촉이 젖어
세상 어둠 밝히려
조용히 분향 드리는
노란빛 제단

마음 혼탁해질 어둠에서
꽃망울 바람에 흔들리면
속죄하는 마음되어
두 손 모두고

어스름 달 향하는
인고의 기도에
마침내
활짝 핀 달맞이꽃

달맞이꽃은

간밤에
아무도 몰래
전화를 걸었습니다

누르는 단추 하나하나에
설핏한 빛살이 일더니

새벽녘
동정녀 마리아처럼
꽃닢 몇 장 낳았습니다

시월 장미

여름내내
뜨거운 태양의 길을
너는 용케도 달려왔구나

온몸에 가시를 달고
피 흘리며 걸어왔던
형극의 길

사랑은 용서하는 것
맨발 맨 영혼으로
너를 반긴다

네 흘린 피가 더러는 노을로 걸리고
그 노을의 상처가 다시
내 가슴에 못을 친다고 해도
너의 붉음은 아름답다

홍장미

기쁨으로 괴인 샘 속에
요염한 얼굴
가시 돋힌 몸 내려보는
그 젖은 눈길이 어둡다

햇살 내리쬐면
영롱한 빛 생기 찾고
어두운 표정 잊고
밝게 미소짓다

뜨겁게 불타올라
꽃닢마다 사운대고
바람따라 춤추며
사랑의 불 지피고 있다

백장미

신비하여라
녹색의 장원에
순백의 여왕 로사

하얀 자락 오히려
황홀한 빛 진하니
어떤 조화일까

가시까지도 녹아내릴
청순한 농염에
뭇사람 눈빛
마리아 떠올리며

그 신성함에
아스라한 탄성

늦장미

당신의 고운 눈길에
벗은 몸으로 웃고

부끄러움 잊은 요염
뜨거운 내 심장의 고동

낙화와 함께 자취 감춘
내 그리움의 여정

갈채 받으며
다시 꽃망울로 돌아온다

데이지

양지 바른 뜨락에
듬뿍 핀 애기 국화

오래오래 생명 이어
봄 여름 가을까지 방긋대니
연명국(延命菊)이라 부른다지

한포기
그토록 많이 송이송이 피어나
신기하여라
저녁무렵이면 꽃닢 오무려
다소곳해지니
동정녀 닮아

베리디스 사련에 빠지자
스스로 몸사르고 꽃이 되었다지
비련의 꽃이지만
정열의 연인

해바라기 모종

손바닥에서
뜨거운 불 지펴집니다
내 감정 다스리지 못하는
이 열병
시간이 쾌유시켜 주겠지요

이토록 큰 상처
영원히 아물지 못하는 동공
자다가
다시 깨어 생각해도
그것은 내가 감당해야 할
내 몫의 고독입니다

아픔만큼 성숙해지는 것처럼
조금씩 나는 수척합니다
그토록 소중했던
진정 살아 있음이 향그러웠던
지난날들
목숨만큼 소중했던
시간입니다

쨍쨍 내리쬐는 햇살 아래

잠시 머리 들고 서 있는
나는
해바라기 모종입니다

금잔화

황금 술잔처럼
타는 듯 빛 부시고
여름따라
아침에만 활짝 피는데
여름 찬양 낮은 음자리표

무더위에 그 꽃 보면
식혀 줄까나
겨울 구름 가려
우러를 수 없어 숨진
젊은이 변한 카렌쥬라

해바라기

아폴로의 불꽃처럼
동산 훤히 밝힌
노란 등불

바람 불면
꽃대궁 흔들며
연정 풍기고

두눈 마주칠 때
열기 깊어
무엇에 골몰하고 있다

갸우뚱거리며
무거운 몸짓으로
신랑 새로 맞는
신부 얼굴되어
퍽 다정하게 웃고 있다

해바라기를 심으리라

긴 목을 늘인 채
샛노란 원액을 토하고 있다
그리움에 지친 여인
인종으로 영그는 불씨이다

눈부신 태양 기다리는
목마른 모습은 차라리 순절
태양을 사모하여
그에게만 미소짓는
정숙한 여인이다

그리움을 아는 사람은
해바라기를 심으리라
짝사랑일지라도 변함없이
가슴에서 피어나는 꽃이기에

형벌 같은 기다림을 간직하고
지금도 창망한 하늘에 의지하고 있다
언뜻 웃음지을 때는
비장한 표정마저 엿보인다

드라이 플라워

거꾸러 매달려
피내리는 아픔도
당신이 주신 거라면
기쁨이여요

온몸의 피 빠져나가
꽃닢 바시시한 모양새지만
당신 벽에 걸리어
늘 함께 지낼 수 있다면
그것은 은총이여요

남아 있는 내 마지막
눈물 한 방울
지금 당신 가슴에 떨어뜨려요
내 사랑의 전부여요

□ 해 설

현대 한국의 대표적 서정시인의 빛나는 시세계

홍 윤 기
〈문학박사〉

　박경석 시인은 오늘의 대표적인　한국 서정시인이다. 그의　시에
는 정감 넘치는 겨레의 서정성이 참으로 따사롭고, 그의 시어는 내재
율의 독특한 표현미가 생생하게 살아서, 그 생동감으로 하여 우리들
을 사로잡고야 만다.

　한국 신시(新詩) 90 년의　문학사를 돌아 볼 때, 우리 시단에는
주요한(1900~1979)을 비롯해서, 변영로(1898~1961), 이장희
(1902~1928), 김소월(1903~1935), 김영랑(1903~1950), 정
지용(1903~?), 박목월(1916~1978), 박두진(1916~1998), 서
정주(1915~), 등의 서정시가 각기 독특한 자아의 시세계를 형성하
여 온 것을 잘 살필 수 있고, 현대 한국의 대표적인 서정시인으로 박
경석이 역시 그 하나 만의 독보적인 서정시를 써오고 있음은 누구도
부인할 수 없을 것이다.

　오랜동안 우리 시단에서는 서정시를　외면하고 관념적인 목적시
등에　치중했거나, 또는 어설픈 언어 유희의 난해시 등으로 독자들과
는 궤를 달리하는 말장난 등이 횡행했던 점을 지적하지 않을 수 없다.
그러나 박경석은 이들과는 달리 오로지 한국인의 순수한 정서에다
그의 시의 심층구조를　설정하고, 한국인의 시적 미학이 과연 무엇인
가를 탐구하며 오늘에 이르고 있음은 그의 시 애독자들이 널리　잘 알

고 있을 줄 안다.

　한국 사람에게는 한국 사람만의 민족적 정서가 있고 애환이 있으며 또한 한국인들 만이 체득하는 사랑의 그리움과 아픔과 미움이 한데 어울어져 끈끈하게 엮어내는 정한(情恨)이 우리들 가슴마다 깊숙이 깃들여 있다고 본다. 그러기에 서양의 서정시를 잘 썼다는 셸리나 존 킷스, 바이런, 하이네, 괴테 등의 시가 안겨주는 사랑의 애환이 한국인들에게는 아무래도 적절한 것이 부닥쳐오지 못한다.

　가령 크리스티나 로젯티와 같은 영국의 빼어난 여류시인의 애절한 사랑의 시편들일지라도, 황진이의 명시 「동짓달 기나긴 밤」 한 편과도 비길 수 없는 것이다.

　다시 말해서 서양의 서정시는 한국인의 정서적 충동과는 맥이 사뭇 다르다는 것이다. 한국인에게는 한국인만의 숨결이 있고 그 진한 목숨의 가락이 있는 것이다.

정선된 115편의 주옥 시편

　박경석 시인은 지금까지 19권의 시집을 통해 1,000여 편을 헤아리는 서정시를 한국시단에 보인 활력적인 존재라는 것을 거듭 지적하지 않을 수 없다.

　그는 시단의 어떤 형세나 유파에도 전혀 개의하지 않고 독자적으로 묵묵하게 한국어의 아름다움을 시어화(詩語化) 시키는 작업에만 열중해 왔다는 것을 우리가 높이 평가해야 할 것이다. 더구나 그의 한국어, 즉 한글 사랑의 정신은 많은 이들로부터 존경을 받아 오고 있다는 것도 여기 아울러 밝혀둠으로써, 독자 여러분의 「박경석 대표시선집」에 대한 이해와 애독에 보탬이 되었으면 한다.

　115 주옥시편(珠玉詩篇)들 중에서도 다시금 빼어난 시를 한편 한편 살펴보기로 한다. 그동안 박경석 시인이 「조선일보」등 주요 일간 신문 등에 발표한 작품들은 일찍부터 '명시(名詩)'로서 우

리나라 시단에서 주목 받아 오고 있다는 점도 아울러 여기에 지적해 둔다.
　우리나라에 꽃을 노래한 명시하면 김소월의 「진달래꽃」을 비롯
해서, 김영랑의 「모란이 피기까지는」, 서정주의 「국화 옆에서」 등
이 널리 애송되어 왔으나, 이제부터 우리는 박경석의 「씀바귀」를 주
시하지 않으면 안될 것이다. 필자는 이 「씀바귀」가 한국의 꽃시들의
새로운 명시로서 한국 시문학사를 이미 장식하고 있다고 감히 평가하련다.
　우선 「씀바귀」를 함께 감상해 보기로 하자.

　　남은 날
　　모두 주고
　　얻고 싶던 단 한 사람

　　이룰 수 없는
　　엉겅퀴 가로 놓여
　　생으로 앓다가

　　쓰디 쓴
　　그리움은
　　하얗게 익어간다

　　뿌리가
　　더 쓴
　　씀바귀라던가
　　사랑은

　실로 빼어난 꽃의 시요 사랑시가 아닌가 한다. 이 시야말로 한국
어로 쓴 실로 새로운 서정 명시라고 해도 결코 과언이 아닐 것이다.
이 만큼이나 말을 아끼고 아껴, 다듬고 또 다듬은 절제(節制)된 시

어(詩語)로서 이루어낸 「씀바귀」야말로 꽃시의 정화(精華)이다.

시인은 씀바귀라고 하는 화초를 통해서 삶의 진실과 사랑의 아픔을 낭만적 서정시로서 엮고 있다. 이 시는 꽃을 의인화시키며 동시에 꽃을 통해서 사랑의 아픔을 눈부시게 메타포(은유)하고 있다. 이 시는 다시 읽으면 읽을수록 정제(精製)된 시의 미학이 우리의 심혼과 밀착화한다고도 일러 두고 싶다. 이 시에 대한 해설이 더 길어지는 것이 오히려 군더더기가 될까 두렵다.

이번에는 시 「비 내리는 하오」를 함께 읽어 보자.

젖는 것은
풀잎 만이 아니다
지금 오후 세시
토요일 하오가
젖고 있다

뒤돌아
지난 세월 한 자락
잡고
빨래하듯
휘돌려 감아 보면

아 거기
물방울 되어
떨어지는
추억의 무지개

동그랗게
살아나는 이름 석자

우리는 결코 그리움은 '그립다'고 하는 말로서 표현할 수 없다. 시인이 그리움을 말로서 그립다고 썼다면 그것은 시의 승화(昇華)일 수 없다. '동그랗게／살아나는 이름 석자'라는 이 비유의 수법이야말로 사랑하는 사람에게 대한 그리움을 아름답게 우리들 가슴에 담뿍 적셔 주는 심층 이미지의 메타포이다.

'젖는 것은／풀잎 만이 아니다／지금 오후 세시／토요일 하오가 젖고 있다'는 이 첫연의 메시지야말로 또한 사랑하는 사람을 절절하게 그리워하는 이의 정념마져 슬프게 적시는 비가 내리는 하오로 우리들을 동반시켜 주고 있다.

'아 거기／물방울 되어／떨어지는／추억의 무지개'는 또 어떤가.

이와 같은 박경석의 독창적 시미학(詩美學)의 세계는 우리들 앞에 활짝 창문을 열어 서정시의 새로운 형태를 유감없이 제시하고 있다. 현대시는 서정의 노래여야만 한다는 것이 필자의 현대시관(現代詩觀)이다. 다시 말해서 현대시의 바탕이란 서정성에 그 기본을 두고 이루어져야만 한다. 물론 오늘이라고 하는 역사적 현실에 있어서의 의식 내용을 전혀 배제하자는 것은 결코 아니다. 즉 오늘의 시대에 걸맞는 서정성을 시의 바탕에다 깔아주자고 하는 것이다.

또한 현대시는 서정적인 운문(韻文)이어야 하기 때문에 결코 산문(散文)으로서의 묘사는 시로서 걸맞지 않다는 것이, 박경석의 서정시들이 보여주고 있는 전형이라고도 하겠다. 지난 날에는 한동안 도구주의(道具主義) 목적시나, 관념적인 설익은 산문 따위가 시라는 명칭으로 난무하더니, 오늘날에 이르고 보면 한 술 더 떠서 언어가 참담하게 모독당하고 있다. 박경석의 서정시를 대할 때 빗나가고 있는 무수한 '시 아닌 시'(非詩)들 때문에 시의 독자들이 우롱당하고 있다는 것을 다시금 깨닫게 해준다. 그러기에 독자들은 시집을 올바로 선별해서 읽을 것을 이 기회에 아울러 권해드린다.

시인에게는 연금술사(鍊金術師)와는 다른 각도의 정신의 세계를 지배하는 시어 표현의 고도의 기교가 요망이 된다. 그런 대표적인 시 한

편을 뽑으라고 한다면 필자는 단연 「소나기가 내리면」을 골라서 읽고
싶다.

　　불현 듯
　　소나기가 내리면
　　창문 커튼을
　　내려야지

　　온종일
　　구름 모아다
　　그려 놓은 얼굴이
　　지워지는걸

　　내게도
　　숨겨 둔 얼굴 하나
　　몰래 몰래
　　나만 보는
　　얼굴 하나 있음이

　　샘이 나서 퍼붓는
　　저 소나기

　시는 만드는 것이 아니고 시인의 가슴 속에서 터져나오는 것이다. 그
것은 영감(靈感)의 소산이다. 이른바 인스퍼레이션(inspiration)이라고 하
는 시인만의 목숨의 숨결같은 신성한 목소리이다. 참으로 단 한마디 한마
디의 닦고 다시 다듬어진 시어가 바로 그런 것이다.
　그러기에 시란 설명할 수가 없는 불가사의한 것이기도 하다. 더구나
명시에 대한 해설이란 먹으로 쓰는 붓글씨의 개칠과도 같은 것이라고 본

다. 그런 견지에서 다시 한 편의 시「첫사랑」을 감상해 보기로 하자.

타는 가슴에
밤을 보내면
넉넉한 마음으로 내리는
꽃비

그대
밝은 웃음 여운은
내 가슴 무지개되고
문풍지 하르르 떨 듯
젖어드는
부끄러움 한 옴큼

살포시
손 잡아 보면
뛰는 가슴
물보라 퍼지듯
활짝 핀 모란꽃

　「첫사랑」의 순결무구한 시정이 곱게 잘 다듬어진 시어로서, 우리들의 마음을 은은한 가운데 차츰 뜨겁게 정념화(情念化) 시키고 있는 수작(秀作)이다. 누구 보다도 모국어를 아끼며, 한국어의 시어화에 정열을 쏟고 있는 시인답게 그는 이 시에서도 우리말의 아름다움을 여과된 시정신으로 엮고 있으니, '문풍지 하르르 떨듯/젖어드는/부끄러움 한 옴큼'과 같은 시구가 바로 그것이다. 또한 '살포시/손잡아 보면/뛰는 가슴/물보라 퍼지듯/활짝 핀 모란꽃'과 같은 「첫사랑」의 클라이막스는 과연 박경석의 뛰어난 시재(詩才)를 논하기에 앞서서 그가 타고 난 이 땅의 대표적인 서정시인이라는 것을 거듭 깨닫게 해준다.
　　우리들의 모국어(母國語)들 중에서도 가장 빛나는 보옥(寶玉)과도 같
은 시어만으로서 한편 한편의 시를 소중하게 일궈서 마침내 세상의 수많은
애독자들을 거느리는 박경석시인의 건강과 문운(文運)을 함께 빈다.

시인/문학평론가
외국어대 교수

작가 프로필

　20대 초반의 나이인 육군대위　시절, 수주(樹州) 변영로(卞榮魯)의　천료로 시집 「등불」과 장편소설 「녹슨 훈장」을 출간하면서　필명 한사랑(韓史郞)으로 등단한 육사출신 시인이며 소설가이다.

　군사정권에 항거, 육군준장을 끝으로 스스로　군복을 벗은 뒤, 본명으로　오로지 창작에만 몰두하고 있는 전업작가이기도 하다.

　그의 대표작으로는 제 15 시집 「사랑이 지핀 불꽃 재우며」 제 19 시집 「꽃처럼」과 장편소설 「행복의 계절」　「별」「나의 기도가 하늘에 닿을　때까지」 등이 있다.

　그는 세계시인상을 비롯 11 개의 문학상을 수상했다.

　또한 용산 전쟁기념관에는　그의 시 「조국」과 「서시」 두편이 석비에 조각되어 그곳을 찾는 많은 사람들에게 나라사랑의 뜻을 일깨워 주고 있다.

한국명작시선　**이런날 문득 새이고 싶다**

1999 년 11 월 25 일 초판 인쇄
1999 년 12 월　1 일 초판 발행

지은이　박 경 석
펴낸이　최 석 로
펴낸곳　서 문 당
121-200 / 서울특별시 마포구
성산동 103-7 호
등록 / 제 1973.10.10 제 13-16
전화 / (02) 322-4916~8
팩스 / (02) 322-9154

ⓒ 서문당 1999 * 파본은 바꾸어드립니다.　　값 7,800 원